lauren child

Perdona, pero ESE libro es mío

RBA

ediciones SerreS

Juan y Tolola

Texto basado en los guiones
de Bridget Hurst y Carol Noble

Título original: *But excuse me that is my book*
Adaptación: Miguel Ángel Mendo

Editado por acuerdo con Puffin Books
Texto e ilustraciones © Tiger Aspect Productions Ltd. y Milk Monitor Ltd., 2005
Juan y Tolola © Tiger Aspect Productions Ltd./Lauren Child
Juan y Tolola™ es una propiedad de Lauren Child
Se hacen valer los derechos morales de la autora e ilustradora
Primera edición en lengua castellana para todo el mundo:
© 2006, RBA Libros, S. A.
Pérez Galdós, 36 – 08012 – Barcelona
www.edicioneserres.com   edicioneserres@rba.es

Fotocomposición: Editor Service, S. L., Barcelona

ISBN: 84-8488-248-9

Ésta es Tolola, mi hermanita.
Es pequeña y muy divertida.
Le encanta leer libros, le gustan mucho.
Pero hay uno que es muy especial
para ella.

Un día me dice Tolola:
"Juan, papá dice
que nos lleva a la **biblioteca**
para tomar prestado
Mariposas, escarabajos y otros animalitos."

A Tolola le encanta
Mariposas, escarabajos y otros animalitos.

Yo le digo:
"Pero si papá ya te pidió ese libro
la vez anterior...
y la anterior..."

Y Tolola dice:

"Pero Juan, es que **Mariposas,
escarabajos** y **otros animalitos** es un
libro muy especial y es mi favorito
y yo lo **quiero** ya.

Pero ya.

Ya.

Ya.

Ya.

¡Ya!

¿Es que no comprendes que
Mariposas, escarabajos y **otros animalitos**
es el **mejor libro** que hay en el **mundo?**"

Y dice:

"Mira, Juan, los **animalitos** son muy muy chiquirrititos, las **mariposas** son preciosísimas y los escarabajos son...

medio bobos.

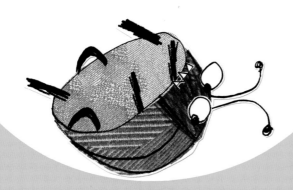

¡Los escarabajos se quedan pataleando boca arriba!
¡Moviendo las patitas!

¡Y no

pueden

darse

la
vuelta!"

Yo le digo:
"Ya lo sé, Tolola.
Venga, vamos, que papá
nos está esperando."

"¡Todo el rato
pataleando, Juan!"

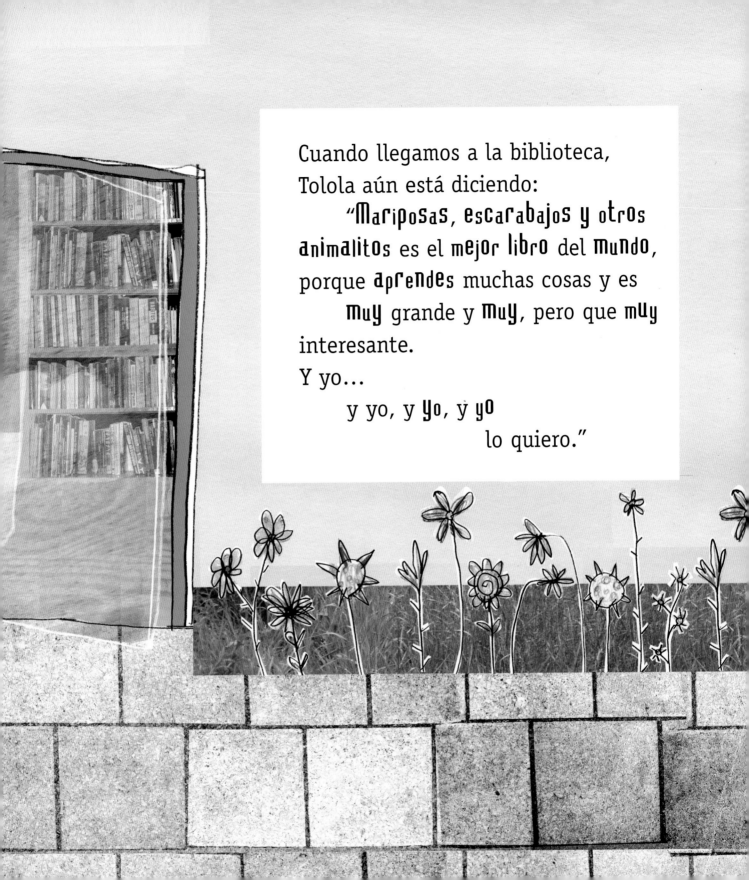

Cuando llegamos a la biblioteca,
Tolola aún está diciendo:
    "Mariposas, escarabajos y otros
animalitos es el mejor libro del mundo,
porque aprendes muchas cosas y es
    muy grande y muy, pero que muy
interesante.
Y yo...
    y yo, y yo, y yo
              lo quiero."

Una vez dentro
        tengo que decirle:

"¡Shhh…! Tolola, que esto
        es una biblioteca.
                Hay que estar en silencio."

        "Pero es que
                no encuentro
                mi libro, Juan."

        "¿Y qué tal
                si buscamos tu libro
                entre los que

empiezan por la letra M?",
        propongo yo.

Entonces ella dice:

"M, M, M... ¿Y dónde está mi libro?"

"¡Tolola, estate callada!"

"¡Pero si estoy callada, Juan!"

"¡Shhh...!", digo yo.

"¡Estoy calladísima!", dice ella.
"¡Pero es que no está!
¡Mi libro no está!"

"¡Tolola! ¡Cállate!"
"¡Pero, Juan, si es que **mi libro** se ha perdido!
¡Ha desaparecido!"

Yo entonces le digo:
"Tolola, recuerda que esto es una **biblioteca**,
y que lo puede haber **pedido** cualquiera."

Tolola dice:
"Pues **Mariposas, escarabajos
y otros animalitos
es mío**."

"Sí, pero la **biblioteca**
no es **tuya**.
Y al parecer había alguien
que quería **leer** tu libro."

"Pues no puede.
Porque el **libro** es **mío**."

Yo le digo: "Tolola, piensa un poco.
Aquí hay **cientos** de libros para que puedas
elegir el que quieras.

Hay **libros** de **espías**, **libros** de **dinosaurios**, **libros** de **aventuras**,

libros de miedo...

Hay libros de princesas,
de aviones, de astronautas...

Libros sobre castillos,
    dragones, volcanes,

monstruos,

    montañas, duendes...   Hay libros de romanos..."

Romersk

فورح

România

"¡Mira! ¡Los romanos!
Éste te explica todo sobre la época
de los romanos. Sobre cómo hacían
unas carreteras tan largas y tan rectas,
o cómo construían sus carros, o cómo
luchaban con la espada..."

oma li

rumi

римский

ro-man

római

римски

로마

"Pero es que tiene
muchas
palabras
largas, Ju
dice ella

Rómv

Römer

zymski

România

latinluk

Romania

Roma`li

rzymski

latinlük

retorom

Rh

Y mi libro tiene unas imágenes preciosas."

roma

Entonces digo yo:
"Muy bien, pues vamos a buscar
un libro que tenga más imágenes y menos palabras.

¿Qué te parece éste? Una enciclopedia.
Tiene millones de imágenes y te explica millones de cosas.
Éste te cuenta **de todo**.

Mira, esta página es sobre helicópteros."

Digo:
"Puede que tengas razón,
Tolola, pero a ver qué
te parece éste...
Es un **libro desplegable.**"

Pero ella dice:

"Un **libro** que al abrirlo

te suelta una lluvia
de flores
es **bonito**, Juan,
pero no es
nada
divertido."

"Sin embargo,
mariposas, escarabajos y otros
animalitos es muy divertido
y me hace

reír,

y

reír,

y

reír..."

"Entonces, ¿es un libro de **animales** lo que quieres?", digo yo.

"¿Un libro que tenga muchas imágenes... que te explique cosas... con palabras que no sean **largas**... y con animales que te hagan **reír**?"

"Eso es", dice ella.

"Muy bien. Pues a ver qué te parece **éste**: Guepardos y chimpancés."

"¿Salen **mariposas, escarabajos y animalitos?**", pregunta ella.

"No, salen guepardos y chimpancés", digo yo.

"Anda, míralo, Tolola, por favor."

"Vale, lo miraré", dice Tolola.

"¡Pero seguro que no es tan bueno como...

¡Mariposas, escarabajos y otros animalitos!

¡Oh no, Juan! ¡Mira!

¡Esa niña tiene MI libro!

¡Y no sabe que es mi libro!

¡No, noO...!

Espera...

Es mi...

Es mi...

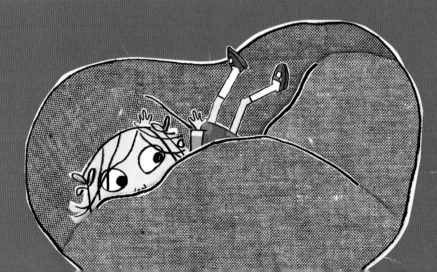

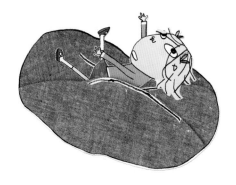

¡Es mi libro, Juan!"

Tolola dice:

"¡Quiero mi libro, Juan!"

Y yo le digo:

"Pero me has dicho que ibas a mirar
Guepardos y chimpancés..."

"Bueno, lo miraré.
Pero te aseguro
que no va a ser tan bueno como
Mariposas, escarabajos y otros animalitos."

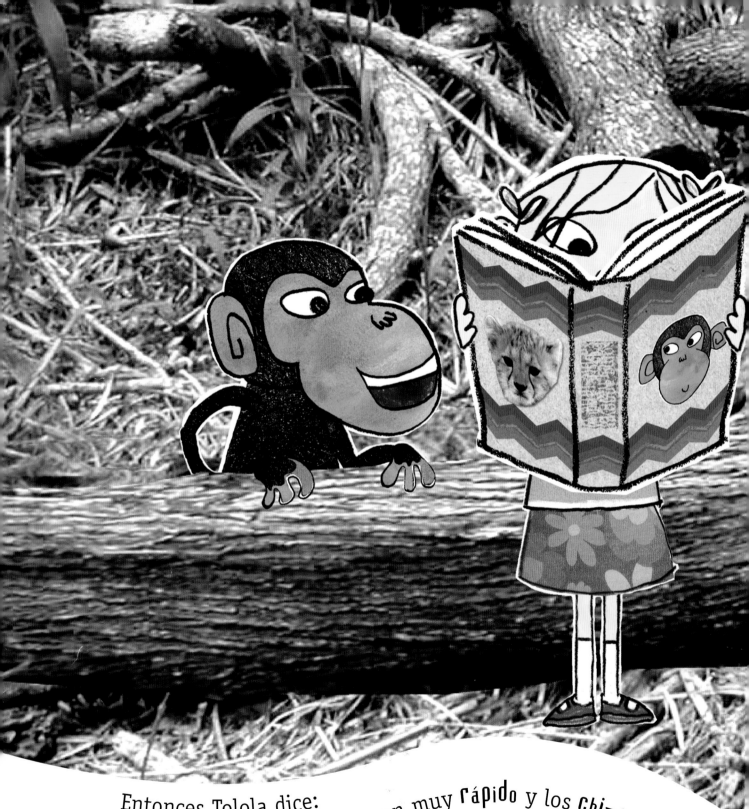

Entonces Tolola dice:
"Anda, mira... Los guepardos corren muy rápido y los chimpancés

son muy **traviesos**, ¿a que no lo sabías, Juan...?

Yo creo que este libro es casi seguro
   el mejor libro del mundo entero, porque es interesantísimo
y maravilloso y, fíjate, tiene unas imágenes estupendas,
   mejores que las de ningún otro libro,
       y las crías de chimpancé son muy divertidas, y..."